Sacré Coeur La Villette
Aeropuerto
de Roissy

Ópera

Plaza de
la República Cementerio de
Père Lachaise

Beaubourg

Louvre

La
Bastilla

Notre Dame

Palacio de Deportes
de Bercy

Panteón

Aeropuerto de Orly

Disneyland
(a 31 Km)

EL CLUB DE LOS SABUESOS Y....

EL MISTERIO
DEL ESCRIBA SENTADO

Dirección editorial: Emilio Losada e Isabel Ortiz
Autora: María Mañeru
Ilustraciones: Equipo Dessin
Maquetación: Equipo Dessin
Preimpresión: Marta Alonso

© SUSAETA EDICIONES, S.A.
C/ Campezo, 13 - 28022 Madrid
Tel.: 91 3009100 - Fax: 91 3009118
Impreso y encuadernado en España
www.susaeta.com

EL CLUB DE LOS SABUESOS Y....

EL MISTERIO
DEL ESCRIBA SENTADO

María Mañeru

Ilustrado por J. Barbero y E. Losada

EL CLUB
DE LOS SABUESOS

LAURIE

Hija mayor del matrimonio australiano de arqueólogos James y Lise Callender. Es una niña de nueve años, bondadosa y protectora, que siempre se siente responsable de sus hermanos y es también la encargada de escribir las aventuras de El club de los Sabuesos en su diario.

JOSEPH

El hijo mediano del matrimonio Callender tiene siete años, mucha imaginación y un carácter muy particular. Es cabezota y a veces gruñón, pero también muy ingenioso, divertido e inteligente. Sus extraordinarias ideas pueden meter a todo el grupo en un lío muy gordo… ¡o hacerles salir de él!

AHMED

Hijo adoptivo de los Callender. De origen egipcio, Ahmed tiene diez años, conoció a Laurie, Joseph y Elizabeth en su primera aventura. Es muy valiente, fuerte y arrojado, y nunca duda ante un peligro.

ELIZABETH

Elizabeth solo tiene cinco años. Quiere a toda costa acompañar a sus hermanos, le encanta el color rosa. Además, es muy lista para su edad, pero muy inocente. En ocasiones ha sido de gran ayuda.

TOTH

Es el mono de Ahmed y su nombre hace referencia a un dios egipcio. Es la mascota de El club de los Sabuesos, un animalito nervioso y gracioso, capaz de ayudarlos a salir bien parados de cualquier aventura.

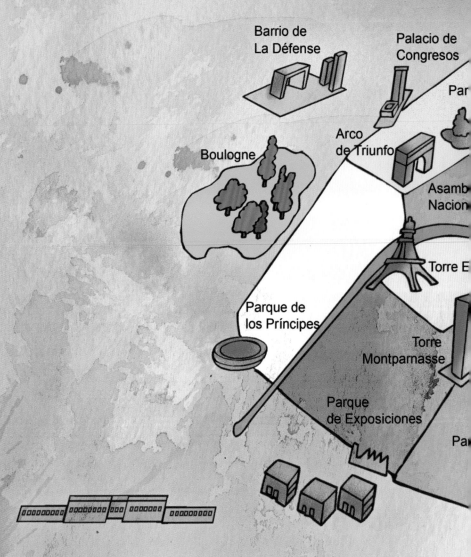

Barrio de
La Défense

Palacio de
Congresos

Par

Arco
de Triunfo

Boulogne

Asamb
Nacion

Torre E

Parque de
los Príncipes

Torre
Montparnasse

Parque
de Exposiciones

Pa

Escriba sentado

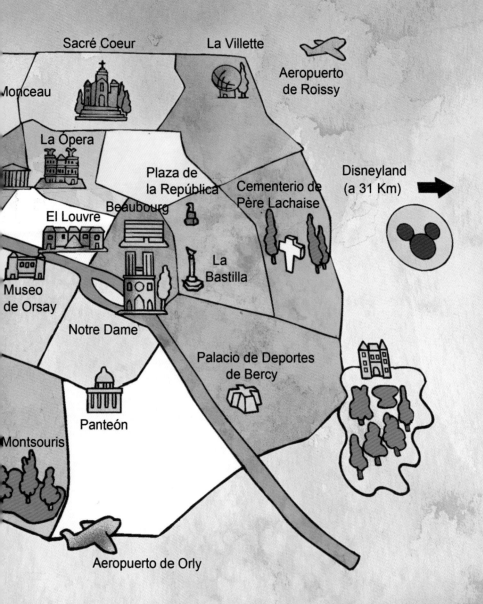

Sacré Coeur

La Villette

Aeropuerto
de Roissy

Monceau

La Ópera

Plaza de
la República

Cementerio de
Père Lachaise

Disneyland
(a 31 Km)

Beaubourg

El Louvre

La
Bastilla

Museo
de Orsay

Notre Dame

Palacio de Deportes
de Bercy

Panteón

Montsouris

Aeropuerto de Orly

CAPÍTULO I

LA AVENIDA DE LAS ESFINGES

s prometí que vendríamos a ver la Avenida de las Esfinges –dijo papá con satisfacción–. ¡Y aquí estamos!

Ya hacía tiempo que habíamos vivido aquella aventura en la que los sabuesos desarticulamos **una peligrosa banda** de contrabandistas de joyas cuyo jefe no era otro que nuestro terrible y viejo enemigo, John Parker. En esa ocasión, nuestros padres nos prometieron solemnemente visitar aquel lugar y por fin habían cumplido esa promesa.

Estábamos entre los templos de Luxor y Karnak, sobre las ruinas de la antigua ciudad de Tebas, justo donde el faraón Akenatón mandó construir un sendero que **uniera los dos templos** con la magnífica decoración que

se merecían. Después, otros faraones habían con-
tinuado añadiendo esfinges y supongo que
en la época de mayor esplendor debió de ser un

paraje precioso. Pero ahora se trataba de un camino en el que dos filas de esfinges de piedra observaban a los caminantes silenciosamente.

–Se construyeron casi tres kilómetros –dijo papá–, pero ya veis que apenas quedan trescientos metros... Aunque son suficientes para hacerse a la idea de la gran riqueza que tuvo...

–**Estoy harta de esfinges** –declaró Elizabeth, mi hermana pequeña, algo malhumorada.

–¡Yo también! –exclamó Joseph, mi hermano menor–. ¿No podríamos mejor ir a comernos una hamburguesa?

–¡Eso! –intervino Ahmed, mi hermano mayor–. ¡Con queso y patatas!

Papá me miró poniendo todas sus esperanzas en mí. Supongo que para un arqueólogo, mis hermanos son un desastre.

–A mí me parece precioso, papá –declaré.

–Menos mal que hay alguien con cabeza en esta familia, Laurie –me dijo papá, suspirando.

–Lo que pasa –dije yo, para disculpar a mis hermanos–, es que están cansados... ¡Ya llevamos siglos en Egipto!

–¡Noooo! –me contestó papá–. ¡Siglos llevan algunas momias!

–Bueno, pues parece que llevamos miles de años viendo tumbas de faraones y el río Nilo, o cruzando el desierto a lomos de dromedarios...

–¡Y viendo muertos! –exclamó Joseph.

–Viendo momias –le corrigió papá.

–**¡Y letras raras!** –añadió Ahmed.

–Jeroglíficos –volvió a intervenir papá.

–¡E incluso templos! –terminó Elizabeth.

–... Y, por supuesto, esfinges –concluí yo.

–Bueno –contestó papá–, pues ya no tenéis de qué preocuparos... Dentro de pocos días pasaremos una buena temporada fuera de Egipto.

–¿Ah, sí? –preguntó Ahmed interesado–. ¿Y adónde vamos a ir?

–Nos vamos a París –respondió papá.

–¿París? ¿Qué París? –preguntó Elizabeth.

–¿Cómo que QUÉ PARÍS? –dijo papá divertido–. ¡El único París! ¡**París**, la capital de Francia!

–¿Y qué vamos a hacer allí? –preguntó Joseph con tono desconfiado.

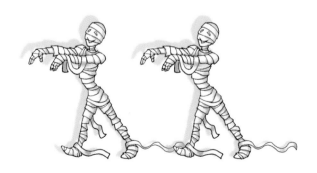

–He sido elegido como director de la exposición **«Vida cotidiana en el Antiguo Egipto»**, que se mostrará en el Museo del Louvre de París durante unos meses, así que iremos toda la familia... ¡Creo que pasaréis el mejor verano de vuestra vida!

No hacía falta que papá nos dijera eso. Nuestras mentes ya estaban lejos de allí y mi imaginación, al igual que los granos de arena del desierto cuando el viento los mueve, ya había levantado el vuelo hacia nuevas aventuras.

CAPÍTULO II

EGIPTO EN PARÍS

unca habíamos estado en París. Es verdad que es una ciudad muy famosa, sale en las películas y en las novelas y dicen de ella que es **la ciudad de los enamorados**. No sé por qué. A mí París me pareció la representación de Egipto fuera de Egipto. En mitad de una plaza rodeada por cafés donde la gente tomaba un cruasán tranquilamente, resulta que podías encontrarte **un obelisco egipcio** perfectamente conservado, allí de pie, tan majestuoso como los que habíamos visto en El Cairo.

Me encantó **la torre Eiffel**, esa especie de pincho altísimo de metal que sale en tooodas las postales, y también el Arco de Triunfo, pero lo más sorprendente fue conocer el Museo del **Louvre**. Aquel lugar inmenso que no podía visitarse del todo a menos que lo recorrieras durante días y días, era un verdadero viaje en el

tiempo. Una gran parte del museo estaba reservada a colecciones de antigüedades y entre ellas, quizá la más sorprendente era la dedicada a **Egipto**.

Esfinges, estatuas de diverso tamaño, relieves, joyas, amuletos... Todo tipo de **tesoros** salidos del país de los faraones se exponían en Francia desde los tiempos de **Napoleón** (aquel militar que siempre llevaba la mano en el bolsillo).

–Esta estatua –dijo papá señalando un coloso de piedra medio destrozado– es la del **faraón hereje Akenatón**.

–¿**Qué es un hereje?** –pregunté yo.

–Un hereje es una persona que no respeta una religión –contestó papá.

–¿Y un faraón hereje es eso? –preguntó Joseph–. ¡Pues vaya faraón!

–Akenatón hizo algo muy revolucionario para su época –nos explicó papá–. Decidió cambiar el culto **al dios Amón por el del dios Atón**...

–Bueno –intervino Joseph–, no me parece para tanto: son dos dioses casi iguales, **¿qué más da Amón** que Atón? ¡Solo cambia una letra!

–Al contrario –replicó papá–. Cambia muchísimo... Los egipcios tenían la religión muy presente en su vida cotidiana, afectaba a todo: al día a día en las casas, pero también a la política, a la economía... Akenatón consiguió que los sacerdotes de Amón **dejarán de tener poder** y acumuló todo ese poder perdido en su propia figura de faraón. Además, abandonó Tebas, hasta entonces la capital del imperio, y construyó una nueva ciudad en mitad del desierto: Amarna.

La estatua de Akenatón no era ni mucho menos el único **tesoro egipcio** que se conservaba en el Louvre: decenas de estatuas, algunas de ellas enormes, decoraban sus salas y pasillos, hasta el punto de que a veces me daba la impresión de seguir en **Egipto**. Papá nos lo explicaba todo paso a paso y ocurría lo de siempre: mis hermanos prestaban atención solo un rato, cuando se hablaba de **momias y muertos**, de armas o de tesoros, Elizabeth escuchaba si se hablaba de **princesas** o de ropa y zapatos. La única que escuchaba siempre era yo.

–La **exposición** que vengo a dirigir –dijo papá– es sobre la vida cotidiana.

–¿**Qué es** «cotidiano»? –preguntó Elizabeth.

–Las cosas corrientes –contestó papá–. Por ejemplo, qué comían, dónde dormían, cómo se vestían, con qué **jugaban los niños**... Cosas así.

–Creo que es mucho más interesante la momificación –aseguró Joseph.

–O las armas de guerra –dijo Ahmed.

–A mí lo de los **juguetes y la ropa** me gusta –dijo Elizabeth.

–Os gustará a todos, ya veréis –aseguró papá–. Hemos traído **relieves** donde se ven escenas de la vida diaria, muebles, adornos... Y el Museo del Louvre también pondrá piezas...

–¿**Como cuáles?** –pregunté.

–Como la del famoso **Escriba sentado** –contestó una voz a nuestras espaldas.

CAPÍTULO III

EL COMISARIO CHAMPOLLION

El hombre que había hablado tenía una edad indefinida. Bien hubiera podido tener la de mi padre, quizá más joven o quizá más viejo. Llevaba unas gafas de pasta gruesas desde las que se asomaban unos **ojillos pequeños y brillantes** y unas cejas tan pobladas, que eran como matorrales. El pelo lo tenía canoso y alborotado, como si no se hubiera peinado en años. Vestía con **descuido**, con unos pantalones que decididamente le estaban grandes y **una gabardina** bastante mugrienta y arrugada. Si me hubieran preguntado la profesión de aquel individuo, seguramente,

hubiera dicho: **vagabundo**. Pero nada más lejos de la realidad.

–¡**Comisario**! –exclamó papá, dándole la mano–. Niños, este es el señor Champollion, comisario de la exposición.

–¿**Es usted policía**? –preguntó Joseph.

–¡**No**! –contestó papá–. No me refería a un comisario de policía. Se trata del director y coordinador de **la exposición**, también se les llama comisarios.

–¡**Ah!**

–¿Y quién es **el Escriba sentado** ese? –preguntó Elizabeth.

–Se trata de **una famosísima escultura** egipcia que se conserva aquí, en el **Museo del Louvre** –respondió papá.

–Seguro que la habéis visto muchas veces en vuestros libros escolares –añadió **Champollion**–. Es una figura no muy grande, de un hombre sentado, en actitud de escribir, con **un papiro extendido sobre las rodillas** y atento a lo que pudieran dictarle: un escriba.

–¿Y por qué tenía que hacer tantos dictados? **¡Pobrecillo!** –dijo Ahmed.

–Yo odio los dictados y las redacciones –declaró Joseph.

–En la época faraónica las personas corrientes **no sabían leer** ni escribir –dijo Champollion– . Solo unos pocos privilegiados podían aprender esas artes y se dedicaban a escribir todo aquello que fuera necesario. El faraón tenía a su servicio muchos escribas que hacían ese trabajo... Os llevaré a ver la escultura.

Caminamos tras él hasta llegar a un rincón de una sala donde nos señaló la figura.

–¡Oh! –exclamó Elizabeth decepcionada–. Pero si es muy pequeño...

Probablemente había esperado **una figura** colosal, como la de Akenatón, pero se trataba de una pequeña escultura de piedra pintada y con bastantes desconchones. Era un hombrecito que miraba atentamente hacia el horizonte, sentado y en posición de escribir.

–¿**Y con qué escribía?** –preguntó Ahmed.

–Bueno –contestó Champollion–, le falta **el cálamo** en la mano derecha... Algo así como el lapicero para vosotros. Seguramente se rompió y se perdió...

–¡Vaya ojos! –exclamé yo.

–El iris de los ojos está hecho con una incrustación de cristal de roca –explicó Champollion–. Son unos ojos enmarcados en negro porque los egipcios solían maquillarse así.

–¿Y esta es la joya de la exposición? –preguntó Joseph–. ¡**No me lo puedo creer!**

Mi hermano Joseph no es precisamente diplomático. Aquella estatuilla le debía de parecer poco más o menos que un trasto viejo y el señor Champollion pareció ofenderse bastante.

–Pues sí, esta es la joya, jovencito. ¡Es una de las esculturas más famosas del mundo!

Joseph no dijo nada más, pero apretó los labios en desacuerdo.

–¡Bueno! –dijo papá para terminar con aquella tensión–, vayamos a ver el resto de las piezas de la exposición.

CAPÍTULO IV

LA SALA DE EXPOSICIONES

L a sala donde iba a hacerse aquella exposición en ese momento parecía un almacén ruinoso. Llena de cajas, algunas abiertas y otras cerradas, con las estanterías, los expositores, las vitrinas y los zócalos llenos de polvo, carteles aún sin escribir apoyados en las paredes... **¡Era un completo desastre!** Sin embargo, ni papá ni el señor Champollion parecían preocupados por el desorden, y... ¡La exposición era en unos días!

–¿Dará tiempo a prepararlo todo? –pregunté temerosa.

–¡Oh, sí! –me respondió papá–. Lo más difícil de cualquier exposición ya está hecho: conseguir piezas interesantes, como las que nosotros hemos traído de Egipto, y conseguir también que otros museos presten piezas maestras, como **el escriba** que has visto antes tras esa vitrina de cristal...

–Pero el escriba no está aquí, sino en una sala al otro lado del museo –dije yo.

–Lo traerán justo antes de la inauguración, tranquila –me respondió papá.

Y a continuación se olvidó de todos nosotros y se enfrascó en una conversación tremendamente aburrida con **el comisario Champollion** y los obreros que acondicionaban la sala acerca de cómo colgar los carteles y poner determinadas luces que, según ellos, **engrandecerían** las piezas y las harían más solemnes.

Mis hermanos y yo nos escurrimos por la puerta.

–¿Qué hacemos ahora? –preguntó Joseph.

–Os propongo un juego –dije yo–: demos una vuelta por el museo, cada uno por su cuenta. A ver quién encuentra **la pieza más famosa**.

–¡Vale! –exclamaron Ahmed y Joseph a la vez. Les encanta competir.

–Yo no pienso ir sola –intervino Elizabeth.

–Está bien –dije yo–. Elizabeth vendrá conmigo y Toth con Ahmed. Nos veremos aquí dentro de una hora.

Tomé a Elizabeth de la mano y me quedé mirando cómo los atolondrados de mis hermanos salían corriendo sin dirección fija.

–¿No vamos a buscar la obra más famosa? –me preguntó Elizabeth confusa.

–No antes de saber dónde está –le contesté–. Tengo un mapa del museo con todas las obras maestras señaladas, ¿ves?

Elizabeth sonrió.

–Eres muy lista, Laurie –me dijo–. **¡Estoy segura de que ganaremos a los chicos!**

–Por supuesto que les ganaremos –le respondí mientras abría **el plano del Louvre** y me concentraba en ver dónde estábamos y dónde había que buscar lo mejor de su colección.

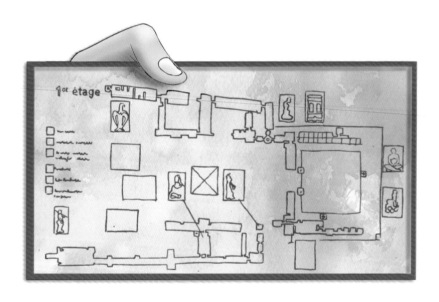

CAPÍTULO V

LA MONA LISA

Estaba segura de que aquel cuadro era la pieza más conocida. No solo porque a mí me resultaba familiar, como si la hubiera visto cientos de veces, sino sobre todo porque aparecía en el mapa, en la entrada, en todos los carteles y letreros y en el tríptico del hotel. Si todos hablaban de ella, TENÍA que ser ella.

–Creo que esta es la pieza más famosa –dije, mostrándole la foto del cuadro a Elizabeth.

Elizabeth echó un vistazo al retrato de la **Mona Lisa**.

–¿Ese? –preguntó incrédula–. ¡No puede ser!

–¿Por qué no? –le pregunté yo a mi vez.

–¿Cómo va a ser lo más famoso de este pedazo de museo? –contraatacó mi hermanita poniendo los brazos en jarras–. ¡Debería ser algo mucho más grande! Algo enorme, brillante... ¡De oro, por lo menos!

–Elizabeth –contesté armándome de paciencia–. ¿Es que aún no has aprendido que las grandes obras de arte no tienen por qué ser también grandes en tamaño?

Elizabeth se calló unos segundos y volvió a mirar la foto de la **Mona Lisa.**

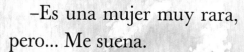

–Es una mujer muy rara, pero... Me suena.

Esa era la prueba definitiva. Si a una niña tan pequeña como Elizabeth **«le sonaba»** el cuadro es que tenía que ser famosísimo...

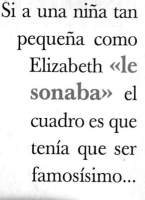

–Vamos a verlo –propuse.

Nos pusimos en marcha siguiendo las instrucciones del mapa y atajando varias veces conseguimos llegar a la sala en la que **estaba el cuadro** en pocos minutos.

–Creo que tienes razón –dijo Elizabeth–. Este debe de ser el cuadro más famoso del Louvre.

–¿**Cómo lo sabes?** –le pregunté–. ¡Si aún no lo has visto!

–Pero veo perfectamente la cola que hay para entrar.

Era cierto. Cientos de personas se agolpaban en la entrada de la sala y otros cientos trataban de

salir entre la mu-
chedumbre una vez
que lo habían visto.
Pero nosotras no podía-
mos perder el tiempo
en hacer cola, así que
por una vez nos
aprovechamos
de ser más pequeñas
que el resto de los visi-
tantes y nos fuimos co-
lando entre las piernas
de los mayores hasta
alcanzar la primera fila.

–¡**Oh!** –exclamó Elizabeth–. Pero si es un cuadro enano...

–Olvídate del tamaño –le insistí yo–. ¡No es lo más importante de una obra de arte!

–Bueno –gruñó–, pero en todo caso me parece que está muy mal pintado...

–¿Pero qué dices, Elizabeth? –le pregunté desesperada–. ¡Cómo va a estar mal pintado! ¡Si lo pintó Leonardo da Vinci! ¡Era un genio!

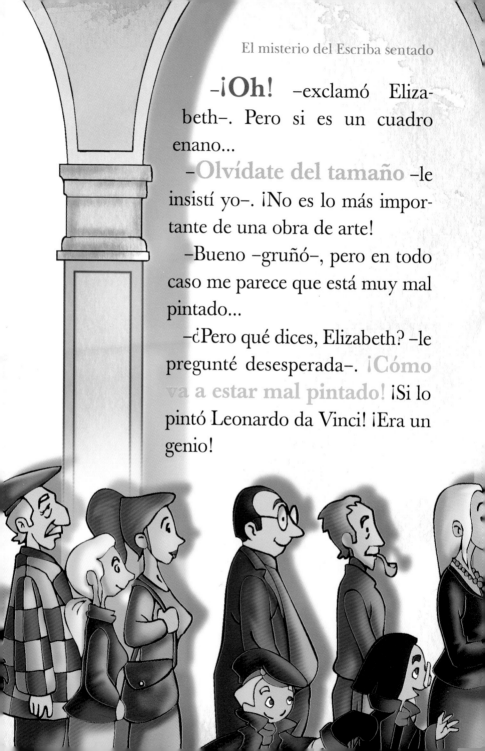

–**Pues menudo genio** –respondió la pequeña–, ¡hizo el retrato de una señora y se olvidó de ponerle las cejas!

¡Era verdad! ¡La Mona Lisa no tenía cejas!

–Quizá no se le olvidaron –le respondí–. Seguramente lo hizo adrede, para que fuera más expresiva, más... original, eso es. Anda, vamos a reunirnos con los chicos.

Y regresamos a la sala de exposiciones. Yo, con la convicción de que **había hallado** la obra maestra del Louvre y Elizabeth, pensando que estaba totalmente equivocada.

CAPÍTULO VI

LA OBRA MAESTRA SON DOS

uando llegamos, ya estaban allí esperando, ¡y discutiendo!, Joseph y Ahmed. Ambos creían tener razón, para variar.

–¡Ah, ya estáis aquí! –exclamó Ahmed–. Así podréis convencer al cabezota de Joseph de que YO he encontrado la obra maestra.

–¡Pero qué dices! –replicó Joseph automáticamente–. ¡YO la he encontrado! ¡La tuya no vale para nada!

–Tranquilizaos los dos –les dije con seguridad a pesar de la lúgubre mirada de Elizabeth–. Seguro que cambiáis de opinión cuando veáis lo que traemos nosotras. ¿Cuál es la tuya, Ahmed?

–¡**La Venus de Milo!** –exclamó Ahmed con entusiasmo. Nos mostró la **fotografía** de una escultura de piedra con forma de mujer, bastante rota y vieja.

–¿**A que no puede ser?** –interrumpió Joseph–.

¡Si ni siquiera tiene brazos!
¿Qué traes tú, Laurie?

Les mostré la Mona Lisa.

–**No tiene cejas** –dijo Elizabeth con indiscreción.

–Pues yo creo que una escultura sin brazos y un retrato sin cejas no pueden ser obras maestras –aseguró Joseph.

–**¿Qué sabrás tú de arte?** –me defendí–. A ver, listillo, ¿qué propones tú?

–¡Pues muy sencillo! –contestó Josep–. ¡**No puede ser otra que el escriba sentado**! ¡Lo dijo hasta el mismo comisario Champollion!

Nos quedamos callados mientras Joseph saboreaba su triunfo. ¡Maldición! Era totalmente cierto.

–Claro que... No creo que sea una obra maestra –rectificó Joseph–. Más bien, deberían ser **DOS** obras maestras.

–**¿Dos?** –pregunté con extrañeza–. **¿Por qué dos?**

54

–Porque hay dos escribas sentados –contestó Joseph con naturalidad.

–¡Qué va! –dijo Ahmed–. Hay uno, el que van a poner en la exposición de papá...

–Te digo que hay dos –insistió Joseph tozudamente.

–Explícate, Joseph –le exigí, cansada de tanta discusión.

–He ido a ver el escriba y resulta que NO es el mismo que vimos esta mañana con Champollion.

–¿Cómo que no es el mismo? –pregunté.

–El que vimos esta mañana tenía incrustaciones de cristal en los ojos, ¿os acordáis?, y el que hay ahora tiene los ojos simplemente pintados.

–¿Y por qué lo habrán cambiado? –preguntó Ahmed.

–A lo mejor ya han llevado al escriba a la sala de exposiciones y han colocado ese otro en su lugar mientras dure la exposición.

–Sí, eso será –opinó Joseph–. O sea, lo que yo decía: que hay dos escribas.

En ese momento, papá salió de la sala de exposiciones.

–¡Hola, papá! –le saludé alegremente–. ¿Ya **han traído el escriba sentado**, verdad? ¿Dónde lo han colocado?

–**¿El escriba?** –preguntó papá–. No... Aún no. Esta tarde lo traerán.

Y **se marchó** dejándonos a todos muy sorprendidos.

CAPÍTULO VII

UN MISTERIO QUE RESOLVER

ero entonces... –comenzó Joseph confundido–, si el verdadero escriba no está aquí, ¿dónde está?

No teníamos respuesta. Joseph aseguraba que el escriba que se estaba exponiendo en ese momento en el Louvre **no era el verdadero** escriba sentado que habíamos visto por la mañana. No se me ocurrió otra cosa que ir a revisar la información de Joseph y nos fuimos todos juntos a la sala de Egipto. Allí, en su vitrina, estaba el escriba. De lejos me pareció la misma escultura, pero cuando nos acercamos y lo escruté, me di cuenta de que los ojos **no eran iguales**. Efectivamente, **estaban pintados** y no tenían las incrustaciones de cristal de roca que me parecieron tan espectaculares y realistas cuando lo vi por la mañana.

–Pues no, no es el mismo –dije.

–Ya os lo había dicho yo –respondió Joseph tranquilamente–. Alguien ha dado el cambiazo.

–¿Insinúas que este escriba es una falsificación y alguien ha **robado** el original? –preguntó Ahmed.

–Dame si no otra explicación –respondió Joseph.

–¿Y crees que nadie se va a dar cuenta más que nosotros? –pregunté yo.

–Bueno –respondió Joseph encogiéndose de hombros–, a lo mejor les da igual que alguien se dé cuenta porque ya les ha dado tiempo a sacarlo del museo y esconderlo.

–Puede que lo hayan robado y ya esté en otro país –conjeturó la fantasiosa Elizabeth.

–¡**Oh, no!** –exclamé–. ¡No es posible que les haya dado tiempo!

–... Y no creo que sea tan fácil sacar una pieza como esa del Louvre sin que nadie se dé cuenta –añadió Ahmed.

–Tiene que haber **otra explicación** –dije yo.

Aunque ni yo misma creía lo que decía y me aterraba pensar que la maravillosa exposición en la que papá había puesto tanta ilusión y entusiasmo pudiera hundirse por culpa de una falsificación.

–¿Qué hacemos? –preguntó Ahmed.

–¡Descubrir el misterio! –exclamó Joseph.

–Avisar a la policía –propuso Elizabeth.

–¿Laurie? –me preguntó Ahmed, pues me había quedado en silencio.

–Lo que vamos a hacer es contárselo todo a papá –contesté.

CAPÍTULO VIII

LA FALSIFICACIÓN

Papá sonreía mientras le íbamos contando a trompicones nuestras sospechas.

–Hay dos escribas sentados –dijo Joseph–. Uno, el verdadero, debería estar en su vitrina y colocarse aquí, en la sala de exposiciones esta tarde...

–...Pero no está en su sitio –continuó Ahmed.

–¿No? –preguntó papá un poco distraído.

–No –respondió Elizabeth–. En lugar del escriba verdadero han puesto otro.

–¿De veras? –preguntó papá cada vez más divertido, cosa que a nosotros también nos ponía cada vez más nerviosos.

–Papá –intervine yo–, va en serio. Creemos que el escriba **es una falsificación** y que alguien ha hecho desaparecer el verdadero.

–Laurie, Laurie... –contestó papá–. Tenéis demasiada imaginación... ¡No es posible sacar una pieza de ese valor del Louvre, te lo aseguro!

—Entonces —insistió Joseph tercamente—, **¿dónde está** el verdadero escriba sentado?

—Pues está... ¡Justamente entrando por la puerta! —exclamó papá.

Vimos que casualmente traían la pieza para nuestra exposición en ese momento y todos nos quedamos en silencio. Esperamos pacientemente a que los operarios, bajo la atenta mirada del comisario Champollion, **colocaran el escriba** en su sitio. Me sorprendió que el comisario no notara nada raro en la escultura. Un especialista como él debía darse cuenta de que no era el original nada más verlo, pero sin embargo, aunque estaba muy cerca, lo trataba con la reverencia de la obra de arte sin discusión.

Por fin, el escriba quedó asentado en una vitrina de cristal, en mitad de la sala. Champollion se acercó, **tocó la escultura con sus guantes** de goma para ponerla bajo el foco de luz y cerró la vitrina con llave.

–¡Ahí lo tenéis! –dijo papá con tono triunfal.

Mi cabeza funcionaba a mil por hora. Era normal que papá, desde lejos, dijera eso, pero... ¡El comisario Champollion **NO HABÍA NOTADO NADA!** Solo había una explicación para eso: o era un impostor que no sabía nada de arte... ¡O estaba compinchado con los falsificadores! Y ninguna de las dos opciones era buena.

–Ese no es... –comenzó Joseph.

Pero no pudo terminar, porque

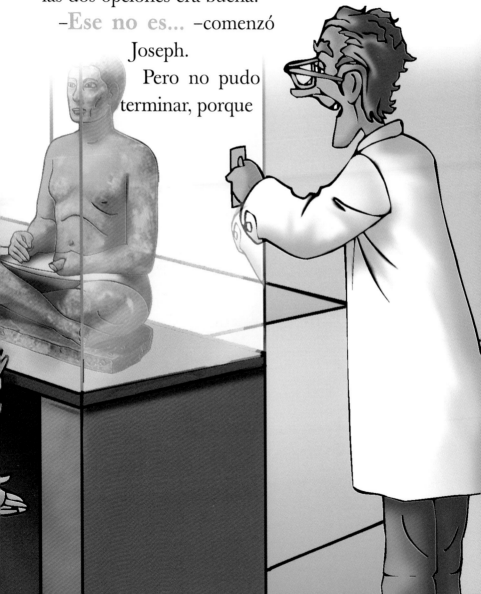

mi intuición me **pedía a gritos** que los sabuesos nos alejáramos de allí y no confiásemos en Champollion.

–Sí –interrumpí a Joseph bruscamente–, es verdad, y es un escriba precioso, maravilloso. ¡Vámonos, chicos!

Joseph me miró alucinado, pero Ahmed se había dado cuenta de que algo pasaba, así que lo tomó del brazo y **lo sacó casi a rastras**, mientras Elizabeth y Toth nos seguían diciéndole adiós con la manita a papá en un gesto tan candoroso, que nadie hubiera podido sospechar jamás que acabábamos de meternos en una nueva aventura.

CAPÍTULO IX

UNA SOSPECHA

uera de la sala, Joseph me pidió explicaciones de muy malos modos.

–¿Pero **qué demonios pasa**, Laurie? –me preguntó irritado.

–Pasa –contesté yo– que es mejor no fiarnos de Champollion.

–¿Y por qué no, a ver?

–¿No te parece raro que Champollion no se haya dado cuenta de que **el escriba es una falsificación**?

–Igual no se ha fijado bien...

A esas alturas, Joseph ya titubeaba.

–¡**Por favor, Joseph**! –dijo Ahmed–.

¡Si tú te diste cuenta a la primera! ¿Crees que un especialista no lo notaría?

Joseph se quedó callado unos segundos.

–¿Creéis que Champollion ha robado al escriba verdadero? –preguntó al fin.

–Eso o, en todo caso, no es quien dice ser –respondí yo.

–¡Un impostor! –exclamó Joseph emocionado–. ¡Vamos a desenmascararlo!

Joseph siempre tan impulsivo...

–Primero –opinó Ahmed–, deberíamos enterarnos de quién es realmente.

–¿Y cómo lo haremos? –preguntó Joseph.

–Pues... ¡Podríamos seguirlo! –dijo Elizabeth con sencillez.

Era una idea buenísima, así que nos apostamos junto a la puerta de la sala de exposiciones, pero bien camuflados entre esculturas, sillas y macetas de flores. Al poco rato, Champollion salió y se puso a caminar por el pasillo, en dirección a la salida del museo.

Los cuatro sabuesos iniciamos la persecución con mucha cautela, ya que se trataba de que no se diera cuenta de que lo seguíamos. Sin embargo, todas nuestras precauciones resultaban aparentemente inútiles, porque Champollion iba hablando solo, sin fijarse en nada de lo que

hubiera a su alrededor, tropezando con la gente y con el aire distraído de los sabios enfrascados en sus pensamientos.

Me sentí de pronto **un poco ridícula** por seguir a un hombre que parecía totalmente inofensivo y a punto estuve de decir a mis her-

manos que lo dejáramos, pero tampoco teníamos nada mejor que hacer, así que cuando Champollion salió por fin a la calle, decidí continuar con el plan **y seguirlo** hasta donde quiera que fuera.

CAPÍTULO X

UN PASEO POR PARÍS

hampollion salió del Louvre por la pirámide de cristal. Era muy propio que hiciera eso, a fin de cuentas era egiptólogo, o eso decía... **La pirámide** estaba en el patio del museo y estaba hecha de rombos y triángulos de cristal. Papá nos había explicado el primer día que **fue construida** siguiendo las normas de las pirámides egipcias y que sus aristas tenían exactamente la misma inclinación que la Gran Pirámide. Pero aunque era todo un monumento, no podíamos perder el tiempo. Sorprendentemente, Champollion caminaba a una velocidad considerable que no cabía esperar en un hombre de su edad. Nos vimos obligados a tirar de Elizabeth para no perderle de vista mientras cruzaba rápidamente por el impresionante ¡y larguísimo! jardín de las Tullerías.

Cuando llegó a la plaza de la Concordia, con el gigantesco obelisco de Luxor plantado en medio, ya estábamos todos agotados, pero Champollion no se detuvo, sino que cruzó el río Sena y siguió andando, cada vez con más premura, girando a la derecha por la calle Saint Dominique.

–¡No puedo más! –exclamó entonces Elizabeth.

–¡Vamos! –la animé tirando de su bracito–. Seguro que ya estamos muy cerca.

–¿Tú crees?

No. No lo creía. Pero no podíamos perder a Champollion, así que le dije una mentira piadosa que a los pocos metros se convirtió en una gran verdad. Exactamente en el número 54 de la calle Saint Dominique, Champollion se detuvo, miró a ambos lados de la calle y por fin, abrió el portal y se metió dentro. Nosotros nos quedamos fuera, jadeando por el cansancio. Era una calle muy bonita y al fondo **se veía la torre Eiffel**, pero eso no importaba, lo importante era pensar cómo íbamos a entrar en la casa.

–Podríamos intentar **forzar la cerradura** con una horquilla doblada –propuso Ahmed.

–Tú ves muchas películas –le contesté.

–Pues volvamos a casa –dijo Elizabeth.

Pero mientras nosotros perdíamos el tiempo, Joseph llamó a un portero automático del edificio y cuando la voz educada de una mujer le respondió: **«Oui?»**, Joseph, con impresionante caradura, dijo: «Publicité». Automáticamente, la puerta se abrió. Así de sencillo. Bastaba con decir **«publicidad»**...

Entramos todos y pudimos oír una puerta cerrarse en el piso de arriba. Seguramente era Champollion. Subimos las escaleras de madera con sigilo y pegamos la oreja a la puerta, pero no se oía nada.

–**¿Y ahora?** –pregunté a Joseph, esperando que se le ocurriera otra idea genial.

–Creo que tengo la solución –dijo Ahmed ante el silencio de Joseph.

Bajó de nuevo las escaleras y le seguimos hasta la planta baja, donde había una puertecita de cristal que daba al patio. **La empujó**, pero no estaba abierta. Sin embargo, había un agujero en el cristal por el que **se coló Toth**. Tan solo un minuto después, el pestillo de la puerta se abrió, (¡qué monito más listo!), así que salimos a un patio interior donde había **escaleras**

de incendios metálicas colgadas de las ventanas a media altura.

–**Te ayudaré a subir** –me propuso Ahmed–. Así podrás asomarte a la ventana del primer piso y comprobar si es o no la casa de Champollion.

Dicho y hecho, Ahmed me impulsó y me encaramé a la escalera. Con cuidado, asomé la cabeza por la ventana que estaba más cerca.

–¿**Ves a Champollion?** –me preguntó Joseph desde abajo.

Ya lo creo que le veía. Y me había quedado asombrada con esa visión.

CAPÍTULO XI

LA VERDADERA IDENTIDAD DEL COMISARIO CHAMPOLLION

Ch ampollion estaba en un pequeño cuarto de baño. De pie, se observaba en el espejo con **una enigmática** e inexplicable sonrisa de satisfacción. Lo primero que hizo fue quitarse el pelo. Sí, habéis leído bien. Es decir, que **llevaba una peluca**. Era sorprendente que usara una peluca tan desastrosa, con los cabellos grises y erizados. Pero aún me pareció más sorprendente ver que debajo de la peluca tuviera su propio pelo. ¿Por qué motivo ocultaba su verdadero pelo con **una peluca tan espantosa?** Se había quitado la gabardina mugrienta y ahora me parecía mucho más delgado y sus movimientos, más flexibles.

Se quitó las gafas y abrió el grifo dejando que el agua corriera un poco, luego se mojó las manos y con ellas humedeció su rostro. Entonces comenzó a despegar poco a poco las tupidas cejas, que no eran otra cosa que dos pequeñas prótesis de pelo sintético. Yo no cabía en mí del asombro, cuando escuché a Joseph:

–¿Ves a Champollion?

En realidad ya no sabía si veía a Champollion o a otra persona. Pero cuando aquel hombre, quienquiera que fuese, terminó de lavarse y secarse con la toalla, y volvió a observar su rostro en el espejo, no pude contener un escalofrío.

–¡Oh! –exclamé horrorizada.

Y me agaché temerosa de que me pillara espiándole.

–Ayúdame a bajar, Ahmed –susurré.

Mi hermano se colocó bajo la escalera y me tendió los brazos, así que me dejé caer un poco mientras él me sostenía, hasta alcanzar el suelo.

–Bueno, ¿qué? –preguntó Joseph inquieto–. ¿Era la casa de Champollion o no?

–Sí y no –le respondí.

–¿Eh? –preguntó Joseph molesto–. ¡Venga ya, Laurie! ¡Será sí o no!

–Lo que he visto es cómo Champollion se quitaba una peluca, las gafas, las cejas postizas y varias capas de maquillaje...

–O sea que es un impostor, ¿verdad? –preguntó Joseph esperanzado.

–No te imaginas hasta qué punto –le contesté–. ¡Champollion no es otro que John Parker!

Joseph abrió la boca hasta que pude verle la campanilla, Ahmed soltó un silbido, Toth se abrazó al cuello de Ahmed y Elizabeth se tapó los ojos con las dos manos.

–¿Parker? –preguntó por fin Ahmed–. **¿Estás segura?**

–No he estado más segura de nada en toda mi vida –le contesté.

CAPÍTULO XII

EL ETERNO ENEMIGO

i Parker está aquí –dijo Joseph–, tened por seguro que el escriba sentado ha sido robado...

–Estoy de acuerdo –aseguró Ahmed.

–¿El verdadero escriba estará en su casa? –me pregunté en voz alta.

–Quién sabe –me contestó Ahmed–. En todo caso, debemos buscar una estrategia para desenmascarar a Parker y recuperar la escultura.

Aquello era muy fácil de decir, pero ponerlo en práctica ya no resultaba tan sencillo.

–Escuchad –dijo Ahmed–. Esto será lo que haremos: esperaremos a que Parker

salga de casa. Joseph y yo le seguiremos y vosotras trataréis de entrar en la casa a investigar. Estoy seguro de que el escriba estará escondido, o en su casa, o en otro lugar... Al que él nos guiará sin sospechar nada.

La idea nos pareció bien y nos dispusimos a esperar en el patio, mirando de reojo la cristalera que daba al portal. A los diez minutos ya estábamos **hartos de esperar**.

–¿Y si ha decidido no salir de casa hoy? –preguntó Elizabeth bostezando.

–**Shhhhhh** –la acalló Ahmed–. ¡Mirad!

Parker acababa de bajar las escaleras y estaba abriendo la puerta para salir a la calle. No iba **caracterizado** como el comisario Champollion, pero sí llevaba un **sombrero**, gafas de sol y **una gabardina** con las solapas bien subidas, tapándole la mitad del rostro. Definitivamente, prefería pasar **desapercibido**...

En **cuanto cerró la puerta**, Ahmed me entregó a Toth.

–**Quedáoslo vosotras** –me dijo–. Joseph y yo le seguiremos. Vosotras echad un vistazo a la casa si podéis, aprovechando que no hay nadie... **Asomaos por la ventana** a ver. Nos veremos dentro de dos horas, en el Louvre.

Y mis hermanos salieron rápidamente por la misma puerta por la que Parker acababa de desaparecer. Elizabeth, y yo regresamos al patio.

–Mira, Elizabeth –le propuse–, como tú eres más pequeña y pesas poco, te auparé hasta la escalera de incendios y así podrás asomarte a la ventana y contarme qué ves, ¿vale?

La pequeña asintió y yo la ayudé a colocarse sobre mis hombros y, desde allí, pudo **trepar por la escalera.** Se acercó con un poco de aprensión a la ventana. Toth trepó tras ella y se colocó en el alféizar.

–¿Qué ves, Elizabeth? –le pregunté.

–Es un baño normal y corriente –me contestó–. Un poco viejo. Tiene un mueble blanco con cajones y... me parece que no está muy limpio y.... ¡Oh!

–¿Qué pasa? –pregunté alarmada.

–Que la ventana está abierta –respondió Elizabeth–. **Y Toth ha entrado**.

No escuchamos ningún ruido y Toth volvió a salir dando saltitos.

–Elizabeth –le dije–, parece que no hay nadie más en la casa, así que entra tú también y ve a la puerta a abrirme, yo subiré por las escaleras del portal.

CAPÍTULO XIII

LA GUARIDA DEL RUFIÁN

Cuando llegué al primer piso, con la respiración entrecortada por la carrera escaleras arriba, la puerta ya estaba entreabierta y se veía la cabecita de Elizabeth medio asomada. Me abrió lo suficiente como para que pudiera pasar y cerré la puerta con cuidado para que no hiciera ruido.

La casa de Parker en París no parecía un lugar habitado. **El pasillo estaba sucio** y descuidado, no había ni un solo cuadro en las paredes y una triste bombilla colgaba de un cable suspendido del techo. Avanzamos y entramos en el salón. Era una habitación grande y bien iluminada, pero ni siquiera tenía cortinas. Los **pocos muebles** que había estaban tapados con sábanas que en algún momento fueron blancas, aunque ahora **estaban tan polvorientas** que tiraban hacia grises. Levanté un poco las sábanas, pero debajo solo había un sofá, una mesa y tres sillas desvencijadas. Entonces alcanzamos el cuarto de baño que habíamos visto desde el patio. Efectivamente, estaba muy sucio y, además de **la peluca** y las **falsas cejas** de Parker, así como unos cuantos **botes de maquillaje**, una toalla húmeda se encontraba tirada en el suelo. De allí pasamos a un dormitorio en el que solo había una cama deshecha y **una maleta**

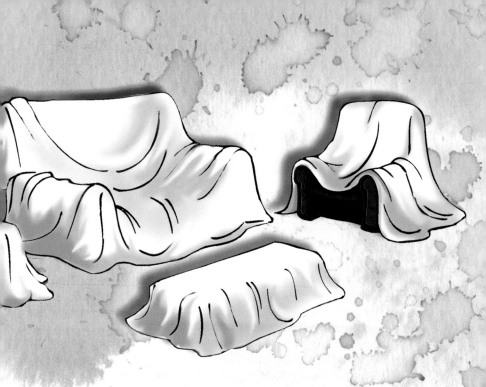

abierta con ropa revuelta tanto en su interior como por los alrededores.

–Parker no es muy limpio –observó Elizabeth.

–Ni muy ordenado –dije yo.

No parecía haber nada de interés en aquel viejo apartamento, salvo un detalle: **el armario** del dormitorio estaba cerrado con llave.

–**¿Qué habrá aquí dentro?** –pregunté mientras trataba de mirar por la cerradura.

–A lo mejor ha escondido ahí al escriba sentado –aventuró Elizabeth.

No me parecía probable, pero tampoco imposible, así que traté de concentrarme en encontrar la manera de abrir aquella puerta. **Lo intenté con una horquilla**, tal y como había propuesto Ahmed un rato antes, pero no me dio resultado. Tiré del pomo, empujé, hasta di algún golpe, pero la puerta se empeñó en permanecer en el mismo lugar sin inmutarse.

–**Necesitamos la llave** –dijo Elizabeth.

–Claro, qué gran idea –le contesté irritada–. ¿Y de dónde te parece que la podemos sacar?

–A lo mejor es la que tiene Toth –me respondió Elizabeth con calma.

Miré al monito asombrada. **¡Tenía una llave plateada en la mano!**

–**¿De dónde has sacado eso, Toth?** –le pregunté.

Toth saltó muy contento sobre la maleta de Parker, como indicándome que la había encontrado allí.

–**¿Estaba en la maleta?** –le pregunté como si hablara con un bebé–. Muy bien, dá-

mela, Toth, eres un monito muy listo y muy bueno...

Cuando Toth me entregó la llave, la introduje en la cerradura y la hice girar. Sonó como si nunca **jamás en la vida hubiera sido abierta** y la puerta se desplazó un poco, dejando una rendija oscura.

CAPÍTULO XIV

LO QUE ESCONDÍA EL ARMARIO

Noté cómo Elizabeth contenía la respiración mientras yo abría la puerta del armario con tanta ansiedad como miedo. Cuando la luz inundó su interior vimos que allí dentro **solo había una bolsa de deporte** bastante vieja, de color azul, descosida en alguna esquina y un poco descolorida, como si llevara bastante tiempo abandonada allí.

–**¡Una bolsa!** –exclamó Elizabeth decepcionada–. No creo que ahí dentro quepa el escriba sentado....

Era evidente que no cabía, así que no dije nada.

–**¿La abrimos?** –preguntó Elizabeth.

Por mi cabeza pasaron todo tipo de pensamientos negativos, desde que aquella bolsa podía contener **un poderoso veneno**, hasta que pudiera haber armas o ratas muertas. Pero no íbamos a marcharnos de allí sin saber lo que había, de modo que, cautelosamente, fui descorriendo la oxidada cremallera hasta abrir una ranura tan grande como para poder meter la mano. Me daba terror hacerlo y me lo pensé un poco, el tiempo suficiente como para que Elizabeth tomara la iniciativa y, con la inconsciencia de los niños pequeños, metiera la mano y el brazo hasta el codo, apresara lo que había dentro y lo sacara fuera...

¡Era un enorme fajo de billetes de **500** euros!

–Son los ahorros de Parker –dijo Elizabeth con una inocencia tremenda.

–No creo que Parker haya ahorrado un céntimo en su vida –le dije–. **Este dinero debe de ser robado...**

Pero no pude terminar de hablar, porque en ese momento, escuchamos cómo **la puerta del**

apartamento se abría y se nos heló la sangre en las venas. No me dio tiempo a pensar demasiado, **tiré la bolsa de deporte** vacía al armario, lo cerré y tomando a Elizabeth de la mano, alcanzamos el cuarto de baño y **volvimos a saltar** por la ventana a la escalera de incendios.

Cuando pude reunir el valor suficiente como para asomarme mínimamente a la ventana, vi que **Parker entraba en el baño** y se colocaba frente al espejo, comenzando a maquillarse y caracterizarse de nuevo como Champollion.

—¡Laurie, Laurie! —alguien susurraba desde abajo.

Eran Ahmed y Joseph. Toth saltó de inmediato a la cabeza de su amo y Ahmed tendió las manos para ayudarnos a saltar. Cuando todos estuvimos en el patio, Ahmed dijo:

—**Estábamos muy preocupados.** Cuando vimos que Parker regresaba a casa, nos preguntábamos si os habría dado tiempo a salir...

—**Sí** —intervine—, menos mal que saltamos a tiempo por la ventana... Creo que no nos ha visto.

–Laurie –dijo entonces Joseph–, **¿es que te ha tocado la lotería?**

Estaba mirando asombrado el fajo de billetes que yo aún llevaba en la mano.

CAPÍTULO XV

DÓNDE FUE PARKER

Tuvimos que explicar a los chicos de dónde habíamos sacado **todo aquel dinero**.

–¿Qué pasará cuando Parker se entere de que **le han robado?** –preguntó Joseph temeroso.

–Supongo que montará en cólera –le respondí–, pero no puede saber que fuimos nosotros...

–¿Por qué no volvemos a dejarlo donde estaba? –propuso Elizabeth.

–¡**Ni hablar!** –intervino Ahmed–. No sabemos para qué quiere Parker todo ese dinero ni de dónde lo ha sacado, pero no puede ser algo bueno, así que nada de devolvérselo.

–Pero eso... ¡Es robar! –exclamó Elizabeth asustada.

–No lo robaremos –insistió Ahmed–. Solo lo guardaremos hasta que hayamos resuelto el misterio y después se lo entregaremos a la policía.

–Estoy de acuerdo –dije, para apoyar a Ahmed y **me guardé el dinero** en la mochila–. Y ahora, contadnos vosotros, ¿a dónde fue Parker?

–Pues caminó unos metros por esta misma calle y se paró en un pequeño establecimiento comercial que ya estaba cerrado. Estuvo un rato dentro y volvió a casa.

–¿Y no sabéis qué hizo? –pregunté.

–Ni idea –contestó Ahmed.

–Pero sí sabemos algo del local –dijo Joseph–. Era una tienda de antigüedades.

–Una tienda de antigüedades –repetí pensativa–. Es posible que sea el contacto de Parker para tratar de vender **el verdadero escriba sentado...**

–A lo mejor incluso ya ha cobrado su parte

–añadió Joseph volviendo a señalar la mochila que contenía el fajo de billetes.

–¡**Cuidado!** –exclamó de pronto Ahmed obligándonos a agachar las cabezas–. Alguien sale del portal...

Se asomó un poco por la cristalera y se volvió hacia nosotros.

–¡Es Champollion... O sea... Es Parker!

Eso quería decir que era Parker vestido y maquillado como Champollion.

–¡**Sigámosle!** –dije, en cuanto se cerró la puerta.

Y los **cuatro sabuesos** iniciamos otra persecución por las calles de París, aunque pronto nos dimos cuenta de que estábamos desandando el camino: Champollion se dirigía de nuevo al **Museo del Louvre**.

Volvió a cruzar el Sena, llegó a la plaza de la Concordia, dejó atrás las Tullerías y de nuevo entró en el museo por la pirámide de

cristal. Cruzó los pasillos con su estudiada actitud distraída hasta alcanzar la sala de exposiciones, donde papá seguía supervisando la
colocación de las obras de arte. Cuando papá vio
entrar a Champollion, le habló con la misma sim-
patía de siempre y Parker interpretó su papel con
una maestría terrorífica para nosotros, ahora que
sabíamos su verdadera identidad.

CAPÍTULO XVI

LA TIENDA DE ANTIGÜEDADES

A la mañana siguiente me desperté con el angustioso pensamiento de que tan solo un día más tarde se inauguraría la exposición... ¡**Con un escriba falso!** Teníamos tan solo 24 horas para salvar la reputación de papá, pues si la prensa se enteraba de la falsa escultura, su fama como arqueólogo quedaría totalmente destruida.

–¿**Qué podemos hacer?** –les pregunté a mis hermanos cuando nos reunimos en el desayuno.

–Podríais dar una vuelta por el Museo –propuso papá, que acababa de sentarse a nuestra mesa con una bandeja repleta de comida–.

Esta mañana, Champollion y yo estaremos muy ocupados ultimando la presentación de mañana, así que os pido por favor que no me entretengáis y que os portéis bien.

–**Sí**, papá –respondimos los cuatro a coro.

Papá se comió dos huevos fritos con pan tostado, un zumo de naranja, un plátano, un café con leche y un cruasán en un tiempo récord, nos besó a todos **y se marchó silbando** tan contento.

–Vaya, lo que puede llegar a desayunar un arqueólogo –dije.

–Ya sé lo que vamos a hacer –intervino Ahmed–: iremos a la **tienda de antigüedades** a echar un vistazo.

Una hora después, los cuatro estábamos frente a la tienda. Dentro, se veía a una mujer hablando por teléfono. La calle estaba tranquila y apenas unos pocos paseantes cruzaban de vez en cuando, parándose a veces en el escaparate. La dependienta colgó y empezó a **limarse las uñas** con tal concentración que parecía que estuviera haciendo una gran obra de arte. Entonces, un hombre joven entró en la tienda, ella sonrió y se

lanzó a sus brazos como si aquello fuera una telenovela. A continuación, la mujer y el hombre salieron de la tienda, ella cerró la puerta, pero no **echó la reja** y se agachó un instante, dejando algo en la maceta de flores que decoraba la entrada. Después se dieron la mano y se marcharon caminando como dos enamorados.

–¡No hay nadie en la tienda, es nuestra oportunidad! –exclamó Ahmed.

Nos acercamos a la puerta, donde habían dejado un letrero escrito a mano: **«vuelvo en media hora»**. Ahmed empujó la puerta que, naturalmente, estaba cerrada.

–¿No pensarías que estaba abierta, verdad? –le preguntó Joseph un tanto burlón.

–¡**Claro que no!** –dijo él.

–¿Entonces cómo vamos a entrar? –volvió a preguntar Joseph.

–Anda –le contestó Ahmed condescendiente–, mira en la maceta.

Joseph se inclinó y revolvió entre las hojas, sacando sorprendido una llave.

–Es **un truco muy viejo** –dijo Ahmed triunfalmente–. Mucha gente **deja la llave en las macetas**, debajo del felpudo...

–No perdamos tiempo –intervine–. Podrían volver en cualquier momento.

–Pues yo creo que aún tardarán bastante –replicó Ahmed con malicia.

Abrió la puerta de la tienda con la llave y todos entramos. Era muy bonita, **llena de objetos maravillosos**, limpia y ordenada. Miramos bajo el mostrador y en los cajones sin encontrar nada interesante.

–Debería haber **una trastienda** o un almacén –sugirió Ahmed.

Pero no veíamos nada de eso. En una de las paredes había una puerta que daba a un cuarto de baño diminuto y nada más.

–**Vámonos** –dije–. No hay nada que ver aquí.

–Eso –añadió Elizabeth–. Además, hace mucho frío y entra una corriente...

–¿**Corriente?** –preguntó Joseph–. ¡**Vaya tontería!** ¿Por dónde entraría el aire si la única puerta está cerrada?

Observé que justo detrás de Elizabeth había un gran tapiz medieval colgado y tuve un presentimiento. Me acerqué y, lentamente, lo separé de la pared dejando al descubierto **una puerta**

muy vieja tras la que, efectivamente, se colaba el aire.

–Aquí está **tu trastienda** –le dije a Ahmed, que miraba boquiabierto.

CAPÍTULO XVII

UN INCREÍBLE DESCUBRIMIENTO

Sin saber ni cuánto tiempo tendríamos hasta que la enamorada dependienta volviera, **abrimos la puerta** y una oleada de polvo nos invadió haciéndonos estornudar a todos. La puerta había dejado al descubierto una especie de **gruta excavada en la pared** del edificio, algo parecido a un pasillo que, al alargarse, se iba oscureciendo y se perdía de nuestra vista.

Por descontado, entramos. No teníamos linterna, así que **el teléfono móvil** de Joseph (mi hermano ama profundamente todos los aparatos electrónicos) nos fue iluminando tenuemente

el camino. No fue muy largo. En apenas unos minutos nos dimos de bruces con otra puerta, pero esta vez estaba cerrada.

¿Qué hacemos? –pregunté–. No podemos entrar y se hace tarde, tal vez la dependienta haya regresado ya...

Vi que Ahmed dudaba, seguramente pensando que lo mejor era que nos diéramos la vuelta. Pero entonces escuchamos golpes al otro lado de la puerta: era como si alguien diera patadas a la pared.

¡Ahí dentro hay alguien! –susurró Ahmed asustado.

Pegamos las orejas a la puerta y pudimos escuchar con claridad los golpes e incluso unos murmullos.

–¡Vámonos! –exclamó Joseph, muerto de miedo.

–¡Sí, vámonos! –lo apoyó Elizabeth aterrada.

–Escuchad –dije yo–, puede que quien esté tras la puerta no sea peligroso. Tal vez... ¡Esté encerrado!

Se me había ocurrido esa nueva posibilidad de pronto, porque los murmullos que se escuchaban **sonaban desesperados**.

–Si así fuera –intervino Ahmed–, no podríamos dejarlo ahí **abandonado**...

Entonces Toth nos llamó la atención chasqueando la lengua y dando sus característicos

grititos. Joseph lo iluminó con el teléfono y vimos un **cerrojo sobre el dintel** de la puerta. Sin pensarlo dos veces, lo descorrí y la puerta se abrió cegándonos, pues de pronto **la luz del interior** lo inundó todo.

Nos costó unos minutos acostumbrarnos a la luz, pero cuando lo hicimos, todos nos quedamos mudos de asombro: atado a una columna y amordazado, un hombre que nos resultaba muy familiar nos miraba con los ojos desorbitados por la alegría. No era Parker caracterizado como Champollion, sino... ¡el **verdadero comisario Champollion**!

Ahmed le retiró la mordaza y el hombre, agradecido, comenzó a hablar a toda velocidad:

–¡**Gracias, muchachos**! ¡Rápido, soltadme! Soy François Champollion, comisario del Museo del Louvre. Me raptaron hace unos días y me dejaron aquí...

–Tranquilo –le contestó Ahmed mientras le desataba–. Los sabemos todo. John Parker, el famoso ladrón y traficante, fue quién le raptó, pero es que además **le robó** la personalidad y lleva días haciéndose pasar por usted...

–Eso no es lo más importante ahora –contestó Champollion tranquilamente.

–**¿Ah, no?** –le respondió Joseph algo molesto.

–**No** –contestó Champollion–. Lo más importante ahora es que me ayudéis a sacar algo muy valioso de aquí.

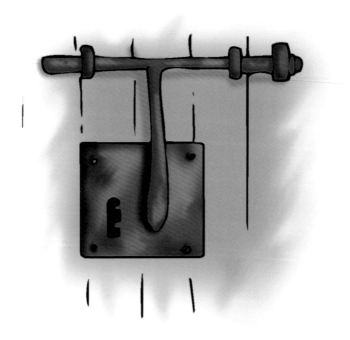

CAPÍTULO XVIII

EL ESCRIBA SENTADO ECHA A ANDAR

lgo muy valioso? –repetí–. ¿Qué es? Champollion no se molestó en contestar, sino que se levantó y empezó a trastear al fondo de **aquel escondrijo**. Como si fuera un almacén, había cajas y objetos variados, algunos cubiertos por telas. Un ventilador antiguo, un sofá desvencijado, dos alfombras enrolladas, una silla coja... De entre todo aquello, Champollion destapó una figura que nos dejó sin palabras.

¡Era el escriba sentado! ¡El verdadero escriba! Con sus ojos de cristal de roca que nos volvían a mirar pacientemente.

123

–¡**El escriba sentado!** –exclamé.

–Sí –contestó Champollion–. Parker se lo llevó del Louvre diciendo que era una copia que debía restaurar para la exposición.

–¿**Y nadie le detuvo?** –preguntó Joseph sorprendido.

–¿**Quién iba a sospechar** del mismísimo comisario Champollion? –respondió Champollion con **amargura**–. Después, trajo el escriba aquí, ¡a mi propia tienda!

–¿**Este establecimiento es suyo?** –preguntó Ahmed.

Por lo visto, íbamos de sorpresa en sorpresa.

–¡**Claro!** –dijo Champollion–. Esta es mi tienda de **antigüedades**, por supuesto... Seguro que Ninette, la dependienta, no se ha enterado de nada.

–Seguro –asintió Joseph convencido.

–**Ejem**, señor Champollion –intervino Ahmed–. Nosotros precisamente hemos aprovechado que la tal Ninette salía un momento para entrar **a investigar...**

–Y habéis hecho muy bien –dijo Champollion–. Ahora, salgamos.

Me ayudaréis a poner a salvo el escriba y a descubrir a Parker, ¡vamos!

Dicho y hecho, Champollion cargó con el escriba con gran decisión y nosotros le seguimos hasta **salir del sótano** por la tienda. Cuando levantamos la alfombra que tapaba la puerta, nos encontramos de frente a Ninette, mirándonos más que asombrada.

–Señor Champollion... –balbuceó.

–Ninette –ordenó Champollion–, dame las llaves de la furgoneta, cierra la tienda y vete a casa.

–Pero...

–Haz lo que te digo y **no te preocupes**, no pasa nada.

–Oui, monsieur –susurró ella entregándole unas llaves y mirando con los ojos como platos cómo Champollion salía de la tienda armado con una escultura y **escoltado por cuatro niños** y un mono.

Caminamos unos metros hasta llegar a una furgoneta en cuyos laterales

podía leerse «Antiquités Champollion». Nuestro comisario abrió las puertas, depositó la escultura con mucho cuidado envolviéndola en una manta que tenía en el maletero y nos indicó que subiéramos. Arrancó y puso rumbo al Museo del Louvre.

Y tengo que decir que nunca jamás en mi vida he pasado **tanto miedo** dentro de un vehículo, porque entre la prisa y los nervios, el señor Champollion conducía dando volantazos a toda velocidad, esquivando coches y peatones, entre gritos y pitidos, hasta que pronto tuvimos a media **policía francesa** pisándonos los talones.

CAPÍTULO XIX

PARKER AL DESCUBIERTO

A pesar de **las sirenas** que nos perseguían, Champollion no se detuvo hasta llegar al Louvre. Y cuando lo hizo, tampoco se paró a esperar a los policías, sino que recogió **la escultura** y echó literalmente a correr, entrando como una exhalación en el Museo y **recorriendo las salas** a toda velocidad hasta llegar a la nuestra. Nosotros corrimos tras él ante el asombro de los visitantes y el enfado de los vigilantes. Cuando alcanzamos la sala de exposiciones, el espectáculo era verdaderamente inusual.

Champollion y Parker, que **iba vestido y caracterizado** como él, se habían colocado frente a frente y daba la sensación de que se estaban **mirando en un espejo**. Los ojos de Parker brillaron de rabia al verse **descubierto** y yo sonreí con satisfacción. Papá observaba la es-

cena tan asombrado que sus cejas describían un arco perfecto y su boca estaba congelada en un «¡Oh!» permanente. Mis hermanos permanecían mudos y, en unos segundos, la policía de París que venía siguiendo a la furgoneta casi desde la tienda de antigüedades, entró en la sala. Entonces, el desvergonzado Parker señaló a Champollion con un dedo acusador y gritó:

–¡Detengan a ese hombre! ¡Es un impostor!

Papá aún abrió más los ojos y la policía se echó encima de Champollion. Mis hermanos, por su parte, se echaron encima de la policía. Papá se puso aún más nervioso y empezó a hacer aspavientos con las manos. Champollion

forcejeaba y trataba de explicarse sin lograrlo en aquel barullo y... ¡Parker aprovechó la confusión para **marcharse de allí** rápidamente!

Para cuando pudimos explicarlo todo y la policía comprobó la autenticidad de Champollion y del escriba sentado, Parker ya estaba lejos. De nada sirvió el revuelo que se organizó para tratar de atraparlo. Nosotros llevamos a la policía a la casa de Parker, pero allí ya no había nadie, tan solo vimos el armario abierto y **la bolsa de deporte vacía**, que había sido arrojada con rabia al suelo. Seguramente Parker había vuelto en busca del dinero y no lo había en-

contrado. No pude evitar una sonrisa al pensar en Parker con los ojos desorbitados, viendo que su dinero había desaparecido. Entonces abrí la mochila y entregué a la policía el fajo de billetes de **500 euros** que nos habíamos llevado el día anterior.

–Bueno –dijo el inspector jefe tras escuchar nuestro relato–, entonces tenemos un criminal múltiple: suplantación de personalidad, rapto, robo, contrabando...

–Y estos niños **lo han descubierto** todo –añadió Champollion.

–Así es –corroboró el inspector.

–Si no lo veo, no lo creo –añadió papá.

–Sus hijos –le dijo el inspector– **son unos valientes**.

Tendríais que haber visto las ufanas sonrisas de mis hermanos...

CAPÍTULO XX

LA EXPOSICIÓN

Cuando entró el primer visitante, el escriba sentado lo observó con sus mudos ojos de cristal de roca, como llevaba años y años haciendo **desde una vitrina** del Louvre. La sala de exposiciones se llenó enseguida de personas que miraban lentamente **todos los tesoros**, asentían y seguían caminando hasta la siguiente vitrina con mucha seriedad, como si fueran expertos.

Nos habían vestido de domingo para la inauguración. En la rueda de prensa anterior a la apertura de puertas, papá y el comisario Champollion respondieron a los periodistas ávidos de

información acerca de los sucesos ocurridos en el museo. Todos querían saber **del secuestro** y del increíble robo y **recuperación** del escriba.

–Menudo rollo –declaró Joseph.

–Sí –corroboró Ahmed–. Esto **es muy aburrido...**

–¡**Cómo sois!** –exclamé yo–. La exposición no lleva ni diez minutos abierta, ¿no podéis dejar de quejaros?

Ahmed y Joseph **me sacaron la lengua** y salieron juntos de la sala. Seguramente, su intención era la de jugar al fútbol con una bola de papel en el pasillo, pero en cuanto pusieron un pie fuera, una avalancha **de periodistas** se les echó encima.

–Para *Le Monde*: ¿Sois los hijos de James Callender, el arqueólogo? ¿Podríamos haceros unas preguntas?

–Para *París News*: ¿Es verdad que encontrasteis una **gran cantidad de dinero** en la casa de Parker?

–Para *Notices*: ¿Cómo sospechasteis que Champollion no era quien aparentaba ser?

–Por favor, para *Francia TV*: ¿Cómo descubristeis la **falsificación**?

–Bueno, en realidad, lo descubrí yo –contestó Joseph, encantado.

Todos los micrófonos se dirigieron hacia él que, muy orgulloso, empezó de nuevo a **contar toda la historia**. Ahmed permaneció a su lado, con Toth en el hombro, tratando de intervenir de vez en cuando, aunque es difícil robarle el protagonismo a mi hermano.

–¿**Crees que si voy con ellos me sacarán una foto bonita?** –me preguntó Elizabeth atusándose el pelo y acercándose a los periodistas con una sonrisa encantadora.

Suspiré. La verdad es que todos mis hermanos son únicos. Por algo somos **El Club de los Sabuesos**.